KANOU
ou
La flamme de l'amour

ZANGA SANOGO

(Poésie)

ISBN : 978-2-38499-033-7
© GNK Éditions, Abidjan, 2022

À Katié SANOGO, notre oncle

À DAGNOGO Bognan Nadège Épouse SANOGO, notre tante

À Issouf TRAORE, notre ami

MON ÉROS, MON PLAISIR

QU'EST-CE QUE LA FEMME ?

La femme,
Le bonheur et la douleur

L'esclave et la reine

Le début et la fin
La femme,

QU'EST-CE QUE LA FEMME ?

LA TORTIONNAIRE SENTIMENTALE

La lumière noire qui traîne autour de ta beauté
Est ce feu froid qui me trouble à ton passage,

L'obscurité éclatante de tes dents
Est cette violence paisible
Qui ravit tout le silence dans mon quotidien,

La chaleur fraîche que procure ton corps
Est cette triste tempête
Qui me rattache à toi
Comme un esclave heureux dans ses tâches,

La tortionnaire, ma tortionnaire sentimentale,
Les douleurs que tu m'infliges sont heureuses,

La tortionnaire, ma tortionnaire sentimentale,
Toutes souffrances me faisant souffrir
À ta compagnie
Me viennent comme une joie grave !

Ma tortionnaire,

LA TORTIONNAIRE SENTIMENTALE

MA SENTINELLE AMOUREUSE

Quand la nuit dormira véritablement,
Je te dirai une parole tiède
Qui apaisera entièrement ton cœur !

Quand le soleil viendra avec les présents,
 Je te ferai savoir sensuellement
Que pour mon cœur, tu es un présent !

Quand le Ciel donnera le signal,
Je te montrerai quelque chose
Qui te maintient en moi !

Quand le tonnerre viendra avec sa calme musique,
Je te présenterai au monde
Comme celle pour qui je vis !

Quand le plus vieil ange viendra sur notre chemin,
Je te tendrai une bague

MA SENTINELLE AMOUREUSE

MA PARTENAIRE, MA POÉSIE ADORÉE,

Je suis féru,
Je suis féru d'une chose
Dont j'ignore encore le nom !

Je suis corrompu,
Je suis corrompu par un être
Qui ne dit jamais « **Non !** »

Je suis attiré,
Je suis attiré par une eau
Qui n'a pas de pont !

Je suis dans un cercle,
Je suis dans un cercle
Qui n'est pas rond !

Je suis le serviteur,
Je suis le fidèle serviteur
Des consciences endormies !

Je suis féru de la poésie,
Je suis séduit par le vers,
Je suis passionné des strophes !

Oh que les sonorités fredonnent en moi
Comme si Dieu applaudissait le monde !

Quand je fais l'amour,
Quand je fais l'amour à la poésie,
La joie caresse mon esprit !

Quand la poésie me fait l'amour,
Quand la poésie me fait l'amour,
Mon esprit câline la joie !

La poésie, c'est la vie,
La poésie, c'est le monde,
La poésie, c'est le vent qui vole,
La poésie, c'est l'eau qui court !
La poésie, c'est la terre qui brille,
La poésie, c'est l'Humanité,

La poésie, c'est aussi…

MA PARTENAIRE, MA POÉSIE ADORÉE !

AMOUR AUX LECTRICES
Ma femme, mon rêve, mon amour,

Je rêve à celle dont le regard suit ma lettre,
Je regarde celle qui fixe avec amour mon épitre,
Je souhaite embrasser la lèvre qui prononce mes vers,
Je veux baiser les mains qui tiennent ce poème,
Je désire cajoler ce beau corps qui ressent l'émotion,

Tout près de toi, j'aimerais bien être là, pour écouter,
Pour entendre la sonorité de ton cœur touché.

Eh ! Si ! Toi dont la voix est joie,
Ouvre tout doucement tes beaux yeux amoureux,
Marque un tout petit silence profond,
Imagine-moi dans ton être,
Regarde mon regard et tu verras que je suis une
proie,
Follement, je suis ce manteau noir dans ton ombre !

Lorgne mon imagination, fixe ma pensée,
Tu verras que je ne résiste pas à ta beauté.

Ma *mousso*[1], ma *kanou*[2], touche ma poitrine,
Caresse mes seins, caresse mes poils ;
Ma *mousso*, ma reine, approche, approche ta
douceur,

---

[1]Mousso : Femme, en malinké
[2]Kanou : Amour, en malinké

Attrape mes joues, glisse tes mains sur mon joli
visage,
Amène tout doucement ton regard vers mes yeux,
Embrasse-moi, embrasse-moi,
Embrasse mes lèvres toutes fraiches,
Caresse-moi très vite, caresse tout mon corps,
Serre-moi très fort contre toi,
Serre-moi, attrape-moi bien avec amour,
Respire, respire tout ton *sara*[3],

Ma femme, mon rêve, mon amour
AMOUR AUX LECTRICES

____

[3]Sara : charme, en malinké

MA GAZELLE, MA PETITE CAPRICIEUSE,

L'amour est une réalité précieuse
Que tous les hommes ne connaîtront pas jusqu'à la fin !

L'amour est un mystère dont les barrières
Restent énigmatiques pour l'humanité !

Ma gazelle, ma petite capricieuse,
J'en suis atteint,
J'en suis ravi,
J'en suis fier
J'en suis gré du sentiment paisible qui te maintient
En moi comme une couronne sur mon cœur !

Ma gazelle, ma petite capricieuse,
La lumière qui transperce le silence de l'obscurité
Est semblable à ta douceur qui transporte ma vie
Vers une île où seul l'amour est l'habitant !

Ma gazelle, ma petite capricieuse,
Avec toi, avec ton amour, avec tes baroufles
Tout devient parfait à mes yeux,
Ta tristesse me séduit,
Ta joie me pompe de plaisir,
Ta colère me rend plus amoureux de toi,
Ton regard me fait totalement voyager de splendeur !
Je t'aimerai à vie ma gazelle,
Je t'accepterai à l'infini ma petite capricieuse !

Ma gazelle, ma petite capricieuse,
J'en suis atteint,
J'en suis ravi,
J'en suis fier
J'en suis gré de ton amour !

MA GAZELLE, MA PETITE CAPRICIEUSE

LE MARIAGE,

Le mariage est un contrat extrême
Qui joint l'autorité et la soumission !
Le mariage est un pacte suprême
Qui unit deux vies en une seule !
Le mariage est un sincère engagement
Qui oblige à un mâle et à une femelle
L'acceptation mutuelle
Devant la douleur et la douceur !

Le mariage,
Je me donne sans avoir à me réclamer un jour ;
Le mariage,
J'accepte sans avoir à rejeter un jour ;
Le mariage,
J'aime sans avoir à haïr un jour ;
Le mariage,
Je pardonne sans avoir à me venger un jour ;
Le mariage,
J'offre mon corps sans avoir à le regretter un jour ;
Le mariage,
Je me sacrifie sans attendre de récompense ;
Le mariage,
Je m'unis au malheur et au bonheur dans

LE MARIAGE.

BELLE BEAUTÉ

Belle hirondelle
Ma belle tourterelle
Que vous êtes belle !

Belle en vérité
Belle en beauté
Je vous veux
Et c'est mon seul vœu !

Soyez ma fleur
Ma fleur sans couleur
Soyez mon péché odieux
Mon péché lugubre et ténébreux !

Soyez mes pleurs
Mes pleurs sans douleur
Qui seront bonnes ailleurs !

Oh ! Ma demoiselle
À la grande bonté sans aile
Ma tourterelle
Ma docile rebelle
Soyez à moi
Et je vous aimerai avec foi !

Demoiselle
Ma demoiselle

Oh demoiselle !
Oh ma belle demoiselle !
Ma jolie pelle
Ma belle tourterelle
Belle rose
Près de toi mon désir se repose !

Oh, princesse de mes jours
Remplis-moi d'humour
Oh âme d'amour sans armes !

Amène-moi
Amène-moi dans ce monde
Où le plaisir pleure des larmes
Amène-moi douce douceur
Dans ce monde où la douleur n'y arrivera pas
Amène-moi dans ce ciel
Où nos regards regardent nos défauts en tas
Sans mot dire et sans maudire !

De ton plaisir
Tue mon déplaisir
Oh belle fée
Mon petit dey
Que je te veux
Et c'est mon dernier aveu

BELLE BEAUTÉ !

APAISE-TOI MA CRÉOLE,

Apaise-toi ma dulcinée,
    Apaise-toi ma luciole,
        Apaise-toi ma poupée,
            Apaise-toi ma tourterelle,
                Apaise-toi ma bien-aimée,

Ô ma belle créole, Oh ma douce poupée,
Déteins-toi…, Fille des Soleils, Déteins-toi…
Déteins tes pleurs,
Déteins tes sanglots,
Déteins tes larmes,

Quand tu pleures, oh, ma douce luciole,
Quand tu pleures
Tes larmes brûlent en moi comme l'ouragan
Dans une eau déjà réchauffée par la neige !

Quand tu sanglotes, oh ma crécelle, ma bien-aimée,
Quand tu sanglotes, mon sang brûle,
            mon sang brûle,
            mon sang brûle !

Apaise-toi ma dulcinée,
Apaise-toi ma luciole,
Apaise-toi ma poupée,
Apaise-toi ma tourterelle,
Apaise-toi ma bien-aimée,

APAISE-TOI MA CRÉOLE

FEMME ET FLAMME

C'était là, au bord d'une rue serpentine
Qui circule dans le ciel comme dans nos corps les veines,
Elle passait toute belle comme de Dieu la reine
Qui éclaire dans nos cœurs comme le désir dans la haine.

Elle passait ; et son corps hautement fait remportait
Tous désirs et toutes amours de fer ;
Tous la regardaient
Fièrement traverser les sentiments doux et parfois amers.

J'étais victime, victime du crime
Qu'elle chantait en moi comme un hymne
vibrant dans mes sens tel Christ dans le
Christianisme,
J'étais victime, victime dans les cieux comme dans
l'abime.

Belle, elle l'était, d'une beauté imposante !
Prosternés, le soleil, la lune, les étoiles,
L'orage, même Dieu, la trouvaient surprenante.
Belle, elle l'était mais plus que l'homme, folle !

Ô, Dieu pour nous châtier et nous consoler,
Envoya sur terre la femme qui nous fait bien sourire
et bien pleurer.
Elle sait aimer, oh la femme !
Elle sait aimer quand elle est aimée.

Elle fait pleurer,
Eh bien,
La femme, elle fait pleurer quand elle est éplorée.

Cette chair, qu'elle est douce et amère,
Cet être double :

FEMME ET FLAMME

CE FUT LA FEMME DE MON RÊVE

Dans les astres noirs du plus petit monde du bonheur,
J'ai été heureux,

Dans le vent léger du plus doux plaisir
J'ai été comblé

J'ai consommé le plus suave amour
De la plus belle femme que le monde ne peut contenir ;

Ce fut la mère des plus sensuelles que Dieu
Pour moi a conçu :

Elle naquit pour ma libido
Et mourut après m'avoir comblé !

Cette nuit pour moi était un tour au paradis,
Où Dieu reconnut ma positivité
Et excusa mes péchés.

Cette déesse, je ne l'ai point connue,
Cette femme, je ne l'ai point convoitée
Et elle vint à moi dans mon rêve
Sans aucune filasse
Comme une docile déesse
Qu'aucun homme ne connaitra jusqu'au soir !

Sa beauté est incommensurable
Sa docilité indescriptible
Et ses sens inconcevables !

Et je fus joyeux,
Joyeux que jamais,
Car
CE FUT LA FEMME DE MON RÊVE.

JE L'AIME, JE L'ACCEPTE, JE L'AFFIRME, JE L'ASSUME

Donne que les dieux m'ont offerte,
        Œuf que j'ai choisi de mes amis,
          Ne dis à personne ce que la vie nous dit
        Installe-le dans mon cœur que tu portes
      Garde-le en lieu sûr et que la vie ne l'usurpe pas
    Ne l'oublie pas quand tu as envie de moi
  Ouvre-le en toi et tu me verras te regarder comme si
Nous sommes faits pour une même âme.

Jamais je ne vivrai quand tu me verras absent
Écoute tes Amours
Mais dis-leur que ton cœur ne t'appartient plus

T'aimer est ma vie,
     Te pleurer est mon droit,
       Te servir est mon bonheur,
         Amie que je n'ai point choisie,
        Insecte aux piqûres chatouilleuses,
      Mangeuse de mes douleurs,
    M'acceptes-tu avec mes travers
Enfant d'une femme, en fend d'une flamme ?

JE L'AIME, JE L'ACCEPTE, JE L'AFFIRME, JE L'ASSUME

ET POURTANT…

Je ne t'ai guère aimée mais…
Je ne t'ai point désirée mais…
Je ne t'ai jamais vue mais…
Je ne t'ai pas connue mais…
… tout ton cœur m'enchantait…
… tout en toi m'attirait…
… tout ton sang me vivait…
… tout de toi ne m'échappe…
 … /… énormément.
… /… franchement.
… /… intensément.
 … /… aucunement.

ET POURTANT

LA VIE DE MA VIE, LE REGARD DE MA VIE, LE REGRET DE MA VIE

Me soustraire d'elle me soustrait la vie
Me fuir d'elle me fuit mon âme
Perdre son cœur, je perds l'envie
Loin de ton Amour, je me désarme

Accepte-moi,
accepte-moi la distance
Croise-moi
croise-moi dans tes pensées
Parle-moi
Parle-moi dans tes sens

Bannis tes ennuis, oh belle amie de mes nuits
Accepte ma distance, oh demoiselle de mes jours
Loin de toi, sur ton toit je languis
Perdre tes sourires, mes angoisses s'intensifient

Tout m'échappe, oh ma reine
Quand tes siens ne me veulent pas miens
Tout m'échappe, oh beauté sans détour
Quand le temps use nos liens

Temps vorace, eh bien temps vendu
Je serai très tôt parti, quand l'aube sera venue
Terres furieuses, eh bien terre en vie dégradée
Je serai là quand tes amours m'auront quitté
Sœur des savanes, ennemi des temps

Je reviendrai, je reviendrai
Là où je partis avec crainte
Fille des terres ensoleillées, ma très chère Douceur
Très certainement, je reviendrai
Là où je te quittai par contrainte
J'irai voir là où innocente, tu m'es apparue de bonnes
heures
J'irai pour toi
Et tu m'auras que pour toi

LA VIE DE MA VIE, LE REGARD DE MA VIE, LE
REGRET DE MA VIE !

BELLE EST BELLE

J'ai ramassé l'Amour dans la fondrière de ma joie
Il est tout beau ! Comme il est tout joli !

Sa face d'amour me convoitait avec amour
Car je suis son désir en amour.

Son regard me clignotait le cœur
Et ses fesses dans mon désir grelotaient !
C'est beau ! Comme c'est joli !

Face à face avec sa face le présent s'arrête
Et le futur n'a plus de valeur !

En face de lui, tout se gèle
Et le temps disparaît ;
Et l'obscurité réapparaît !

Quand il s'efface
Oh quand il s'éclipse
Le temps passe
Le temps s'efface
Le plaisir se perd
Le sentiment se meurt
Et la douceur n'a plus de saveur !

Quand il revient
Oh quand il revient

Tout revient
Et la vie est joyeuse.

Sous ses pas la terre est amoureuse ;
En face de moi les arbres sont jaloux !

Loin de moi mon amour devient glacé
Il devient lourd !

        Oh Beauté
        Oh beauté
      Qu'elle est grêle

BELLE EST BELLE !

LE SOLEIL M'A CONVOITÉ

Le soleil m'a convoité,
Le soleil m'a convoité,

Il m'a dit « je t'aime ! »
« Je t'aime ! »
« Je t'aime ! »

Mais mon cœur fermé était ferme
Car il n'était pas véritablement digne à être aimé,

Mon amour restait ferme
Car je suis digne d'être royalement aimé !

Triste,
Triste,
Triste,
Il regardait partout,
Il me scruta tendrement
Et me susurra encore : « je te veux »
« Je te veux »
« Je te veux »
« Je te veux »

La beauté de ses yeux scintillants me venait avec
tendresse ;
Mon corps s'accordait aux mille frisons de sa hanche ;
Mes sentiments grandissaient ;

Mes désirs montaient ;
Ma libido s'ébranlait ;

                    Et je fus : « Navré ! »
                              « Navré ! »
                              « Navré ! »

Car époux de la tendresse
De la vie
De la délicatesse
De la poésie

LE SOLEIL M'A CONVOITÉ !

OUF ! QUE J'AI ENVIE ! OUF…!

Je ressens au fond de moi une folle envie de m'envoler
De m'envoler dans le néant à travers un corps que j'ai
assez aimé !
Je sens toujours cette envie douce et brulante,
Je la ressens en moi jusqu'au centre et elle me hante !

Ouf que tu me manques, oh toi que j'adore !

Ouf que j'ai envie de toi, oh de toi mon trésor !

Elle me hante ! Oh cette envie de toucher le corps qui
m'inspire !
Mon âme brûle, mon sang chauffe, mon corps se
réchauffe,
Oh ! Que ma raison s'oublie ! Ô que mon corps s'enfle !
Ouf…
Que j'ai envie ! Bon Dieu ! Que j'ai envie de cet être
que j'admire !

OUF ! QUE J'AI ENVIE ! OUF…!

LES VERTUS DU TROU

Je préfère pleurer pour qu'elle **sache**

que je suis fier d'elle

Je préfère fermer les yeux pour qu'elle sache que je
suis hautement touché

Je préfère m'abandonner pour qu'elle **sache**

que je suis à elle

Je préfère soupire ! Soupire ! Bien soupire ! eh bien,
soupire d'une voix couronnée !

Du plaisir ! Oh bon Dieu !
Quel bonheur heureux avez-vous créé ?
Le pain verse ses blessures.
Eh quelle souffrance qui me console
Quand mon esprit s'approche de Dieu pour lui dire
que je ne suis que l'été
Dans ces bonheurs qui marchent sans aucun rôle !

Mais oui, que ma douceur est infinie,
Mais si, que mes migraines sont bannies,
Mais oui, que tous mes sens brillent,
Plus de maux, ni des midis, ni des minuits !

Les fleurs,
les cœurs,
les douces couleurs,
mon cœur est à vous,

Je vous le donne, non en souvenir, mais quand il croise
l'Amour,
tenez-le loin, très loin de mes ennuis amers, de mes mille
dégouts,

« Quelle est donc cette dame couchée près de moi ? »
J'ai perdu tout, même la foi,
J'ai perdu tout, même

LES VERTUS DU TROU !

LA THÉÂTRALITÉ DU CORPS ET DE LA CÔTE

Le silence se fit.
Les murs se plient,
Les stresses se déchirent,
Les corps s'unissent !
Les nez sur les nez,
Les bouches dans les bouches
Les regards dans les regards,
Les ventres sur les ventres,
Les seins sur les seins,
Les mains autour des corps
Des pieds entre des pieds,
Tout passe bien et tout se passe bien !
L'impasse est pour le vent qui vole autour du lit,
Ahhh ! Ahhhh ! haaaah, c'est le plaisir qui monte
Shhhhh ! Chhhhhh ! ::::: C'est la douleur qui se lie à la
douceur
Encore !
Encore !
Et encore !
C'est un manquement de plaisir
Car dans le jeu des grands quand le plaisir joint le
plaisir les mots ne sont qu'insensés
Et un amour sans délire est un amour sans plaisir.
Non ! Non ! Non ! Stop, ce n'est pas la bonne position,
Tout passe bien et tout se passe bien !
Tout se mêle à tout, tout tourne dans le tout,
Tout roule pour un tout,

Les plaisirs se mêlent aux soupirs,
Les douleurs se frôlent aux douceurs,
Les cris se joignent aux soupirs,
Tout passe bien et tout se passe bien !
hhhh ! hhhh ! Orhhh ! Orhhhh !
C'est le dieu qui arrive pour mettre fin à

LA THÉÂTRALITÉ DU CORPS ET DE LA CÔTE !

LES SEINS DE NOS FEMMES

Seins noirs bout noir
Seins rouges bout noir
Seins clairs bout noir
Seins jaunes bout noir

Seins chauds ! Seins tièdes ! Seins froids ! Seins glacés !
Seins mous ! Seins d'Amour !

Seins de séduction ! Seins d'érection ! Seins de
satisfaction !
Seins charmants ! Seins séduisants ! Seins de bon sang !
Seins de douleurs ! Seins de malheurs ! Seins de
frayeur !
Seins au feu bouillant ! Seins au feu de neige !
Seins de rire ! Seins de pleur !
Seins de plaisir ! Seins d'enfer !

Seins où naît la vie ! Seins où meurt la paix !
Seins où la langue passe, repasse et le bonheur naît,
renaît !
Seins où les mains passent, repassent et le bonheur
naît, renaît !
Seins où la tête passe, repasse et le bonheur naît, renaît !
Seins où la poitrine passe, repasse et le bonheur naît,
renaît !
Seins où les yeux passent, repassent et le bonheur naît,
renaît !

Seins où le phallus passe, repasse et le bonheur naît !
Meurt ! Renaît !

Seins de sens
Seins d'essence
Seins de démence
Seins des fins de résistance
Seins que j'aime, seins que j'accuse

LES SEINS DE NOS FEMMES !

ELLE ÉTAIT EN VITESSE ET JE L'AI RENCONTRÉE

J'ai rencontré la vitesse de mon courage
Elle était toute chargée de mes problèmes en rages
Sa gaieté était souriante et sa joie remplie de vérité
Mon triste sentiment me riait comme une fleur d'été
J'étais quelquefois fier d'elle
Car pour elle ma douleur ne sera point éternelle
La vie qui gravera d'elle des mi-souvenirs
Me verra devant elle comme une dégourdie satire
Ma plénitude qui luira de convulsions
Comme une belle méditation
Sera pour eux un mont à contempler
Et la vie même ne pourra plus me dompter

ELLE ÉTAIT EN VITESSE ET JE L'AI
RENCONTRÉE

LE SQUELETTE DE L'AMOUR

Je suis froid quand dans ce trou mou je pénètre avec
souplesse.
Mon âme tousse de la douce chaleur qui l'attise.
Mon sang pleure du plaisir caniculaire de ce paradis
de noblesse
Que de toute mon existence je désire sans être
comblé.

Ma chair désiste quand le roi de l'amour naît dans
mon crâne,
Traverse l'arbre de mon Moi et de ma vessie urinaire
me fait jaillir un liquide
Gluant désarmant mon aiguille de bonheur doux et
aléatoire.
Contre mon regard mince et faible comme les ailes
d'une bigaille

Un cœur de bonheur me caresse le sourire comme
une fleur vierge du désert.
Encore contre mon âme lasse ma chair insatiable
désireuse du plaisir de souffrance se redresse
Et mon corps sous son pouvoir d'amour sourit.

LE SQUELETTE D'AMOUR

LE LIVRE

Il fourmille dans l'âme du monde
Dans son cœur vit le monde
Sa voix parle au monde
Et son sens parle du monde
Il l'accepte et il l'informe
Ah le Livre marche
Il marche à pas sage
À pas sage avec les penseurs fertiles

LE LIVRE

MA DOUCE POÉSIE

Poésie,
Ta vie
Dans ma vie
A mis
Fin à mes infamies.

Mes sombres nuits
Sont vides d'ennuis.

De ma souffrance qui ne vit
Qu'à demi
Je me ris
Comme une pie
Dans son lit
Qui prédit
Un délit
Pour un peuple sans poésie

MA DOUCE POÉSIE

L'ÉCRITURE

L'essence de l'humilité,
La fontaine de l'humanité,
L'éclair de la divinité,
La marche de la spiritualité,
L'artifice de la dignité,
Le savoir décapoté,
L'écriture c'est la réalité,
C'est la vie,
C'est l'homme qui vit !

Elle ne respire pas
Quand elle n'est pas écrite.

Elle ne vit pas
Quand elle n'est pas lue.

L'écrivain gribouille pour respirer
Et le poète lit pour vivre !

L'ÉCRITURE

L'ÉCOLE, LE SEUL BIEN QUE NOUS AIMONS…!

Le seul bien que nous aimons tous
C'est
Le seul bien qu'ils nous ont imposé
C'est ça !
C'est l'école !
L'ÉCOLE
Où l'on apprend à se parler,
À s'aimer,
À se comprendre
Et à se pardonner malgré nos différences.
Laissez-vous instruire par l'école dans les bonnes
écoles,
Car l'école, à défaut de nous procurer le matériel
Nous offre la clé de la grandeur !
Allez !
Allez à l'école ;
Grandissez de savoirs,
De bonnes mœurs,
De civilités et devenez actifs dans votre
communauté !
Venez !
Venez !
Venez à l'école, à la recherche du savoir
Et le monde entier vous sera donné en récompense !
Le seul bien qu'ils nous ont imposé
C'est
Le seul bien que nous aimons tous

KANOU, ou la flamme de l'amour - 49

L'ÉCOLE, LE SEUL BIEN QUE NOUS AIMONS… !

50 - KANOU, ou la flamme de l'amour

Je voudrais dire « merci » à l'Afrique,
Je voudrais dire « merci » à l'Africain,
Je voudrais dire « merci » à mon continent,
Je voudrais dire « merci » à mon peuple,

« Merci », Afrique,
« Merci », Africain,
« Merci », continent Noir,
« Merci », peuple Noir,

« Merci » de ta bravoure escomptée,
« Merci » de ta détermination avouée,
« Merci » du regard nouveau affirmé,
« Merci » du chemin sage épousé,…

Affirme tes Heures en raclant la peur de ton cœur,
Attache tes faiblesses en levant tes coudes de fer,
Affaire ton futur en disant au monde ta fierté,
Attaque, attaque, attaque le monde, attaque,…

AFRIQUE,

LES ÉCORCHURES DE L'AMOUR

VA ! MAINTENANT, VA !

Je ne t'offrirai que des plaies en récompense !
Va, ma Belle, va !

Je t'aimais élégamment et tu le savais
Je t'assistais vigilamment et tu le savais
Je t'amourachais incessamment et tu le savais.

Ô Christ a péché et Mahomet a commis l'affront,
Dieu est froissé sur les pissettes
De mon amour nouveau.

Me voici égaré
Sur la voie perdue
D'un destin insaisissable.

Où as-tu trouvé, oh Belle demoiselle des savanes,
Ce que ma raison n'a guère connu ?
Où as-tu bu, Oh Belle fille des soleils,
Ce que je ne t'ai jamais rendu ?
Où as-tu entendu, oh fille de mon cœur,
 Cette chansonnette que je ne t'ai point chantée ?

Va ma sœur ! là où Dieu ne te verra plus souffrir !
Va ma belle ! là où je viendrai te dire : « Merci ! »

Maintenant, Va! Car je t'ai infiniment aimée,
Maintenant, Va! Car tu m'aimes assez,

VA! MAINTENANT, VA!

AMOUR COUPABLE

Coupable de mes afflictions,
Coupable de mes sanglots,
Coupable de mes angoisses,
Coupable de tout ce dont je suis coupable !
Mes aises, tu les as tuées,
Mes tranquillités, tu les as foirées ;
Mes fois, tu les as aveuglées ;
Mes envies, tu les as assassinées ;
La mort seule est mon projet,
Et je suis le seul mort au milieu des vivants,
Je suis le feu au centre de la lagune,
Je suis le poison dans le vent,
Je suis le fœtus de la stérilité,
Oh amour !
Amour coupable,
De moi tu as fait ce que je ne suis pas,
De moi tu as fait l'horrible de l'Horrible,
La maladie de la Maladie,
La souffrance de la Souffrance,
La nostalgie de la Nostalgie,
La détresse de la Détresse,
La faiblesse de la Faiblesse,
Oh amour

AMOUR COUPABLE !

MON AMOUR MALADE

Douleur malheureuse, plaisir déplaisant, Amour sans humour,
De l'érotomanie, Je suis victime !
À vie, je suis victime de vie sans amour
Bragi[4] seul est ma compagne ! Je suis à présent fou,
Infiniment foutu sans amour !

Gloire aux insensibles à l'amour,
N'ayez nulle tristesse, nulle détresse,
Nulle bassesse, car l'amour c'est la mort en vie !
Oh ! Folie consciente, Amour de folie !
N'écoutez guère mon *kaya*[5], il est porteur de *dimi*[6] !

MON AMOUR MALADE

---

[4]Bragi : le dieu de la poésie dans la mythologie nordique
[5]Kaya : sexe masculin, en malinké
[6]Dimi : douleur, en malinké

MON TRISTE AMOUR

L'Amour de mon sang est sombre de chagrin,
Écorché d'infidélité,
À l'amour, je ne suis plus candidat !

Soulagez mon amour avec pitié car
Il est sans cœur et sans secours !
L'enfer est mon Dieu !
Unissez en moi les rayons du bonheur !
Éloignez de moi la femme mensongère qui me brûle
la vie !

MON TRISTE AMOUR

ORPHELIN DE L'AMOUR

Je suis orphelin de l'Amour
Je vis sans vie sans âme et sans amour
Je suis une feuille verte sans eau
Je suis vide dans un néant d'amour
Sans amour je suis pour la vie un danger

ALORS

Que la déesse, Aphrodite, me tue
Qu'elle crache mon crâne aux feux
Qu'elle vende mon âme aux vents
Qu'elle accompagne mon cœur aux champs
Qu'elle incendie mon sang
Qu'elle donne mes poumons aux eaux !
Qu'elle me prenne en sacrifice
Car je suis pour la belle femme un danger !

ORPHELIN D'AMOUR

HÉLAS

Mon amour est trahi !

D'un océan de désert, je suis tombé dans une sphère
vierge de tendresse.
Mon regard noyé d'angoisse, en amour, se rétrécit ;
Je suis à présent l'unique décadent en amour :
Pauvre en bonheur et faible en bien !
Le malheur seul me sourit et me procure le bonheur !
Le plaisir m'inquiète quand de la femme jalouse je
m'amène !
Fichtre !
Le sexe est un estomac que l'amour nourrit de ruine !

Mon amour est trahi,
HÉLAS !

LA MORT DES AMOUREUX

L'amour c'est la mort sans mourir
Où leurs cœurs puent sans pourrir
Leurs âmes aux mille temps sont détressées, trouées,
                                    saboulées
Comme un mendiant dans un désert inondé de bonté

Ils sont morts, ils sont morts en amour ceux qui
            aiment sans le savoir
Ils sont morts, ils sont morts en amour ceux qui
            aiment sans se voir
Ils sont morts, ils sont morts en amour ceux qui
            aiment sans mot dire
Ils sont morts, ils sont morts en amour ceux qui
            aiment sans s'unir
Ils sont morts, ils sont morts en amour ceux qui
            aiment sans aimer
Ils sont morts, ils sont morts en amour ceux qui
            aiment sans avouer

L'amour est un point noir sans vie
Dans les cœurs sensibles
Et les âmes fertiles aux ennuis
Sont ses cibles
Si vous ne voulez par l'amour mourir, n'aimez point
                                    sans témoin

LA MORT DES AMOUREUX

MON REGARD EST TIÉDI PAR SON AMOUR INNOCENT

Le regard tiédi par son amour innocent est fasciné
d'un amour sans issu
Que l'âme ne cesse de convoiter comme un amant
sans blessure !
D'un regard de lune, le cœur assiste la femme à
l'amour d'épine sans témoin
Qui ne me veut complaire sans fin !
Je suis malheureux !
Et je suis en feu !

Que c'est sombre d'avoir une vie d'amour et de vivre
sans amour à ses côtés !
Il se refroidit,
Mon amour se tiédit,
Il se réchauffe
Et je suis sans témoin,
Or la femme convoitée ignore que mon regard est
flammé d'amour pour elle.

Elle l'ignore et les souffrances me mangent et c'est
triste et c'est malheureux et c'est agaçant.
Ô que je brûle, que je pleure, que je meurs, que je
pourris d'un amour sans point !
Oh ! Je souffre dans mon regard, dans ma pensée,
dans mon corps, dans mon cœur, dans mon âme,
dans ma vie.
Oh que ma vie souffre,

Qu'elle souffre, qu'elle pleure, qu'elle meurt,

MON REGARD EST TIÉDI PAR SON AMOUR
INNOCENT !

À VOUS QUE J'AIME

Dignes de mes amours,
Je le sais bien plus, Dieu le sait plus que jamais,

Mais hélas ! Je vous aime très furieusement
D'un sentiment inébranlable et indéfectible,
Je vous aime grandement d'un amour
incompréhensible,
Mais hélas ! Mon cœur ne vous accepte guère,

Alors je souhaite ne plus vous aimer.
Vous êtes ma douleur, la douleur qui ravage
Dans mon bonheur les espérances
Gardées indélébiles pour sourire à l'Arrange
Quand il viendra pour me soulager la plaie.
Je vous aime bien plus, Dieu le sait plus que jamais

Je vous aime ! Ô vous que j'aime ! Hélas que je vous
hais,
Je vous hais d'un amour que je ne vous expliquerai
pas…
Je n'ai point besoin de votre amour
Alors, aimez-moi pour toujours
Parce que je vous hais infiniment !
Hélas que je vous aime,

À VOUS QUE J'AIME

MÉMOIRE D'OUTRE-TOMBE

L'âme qui de la terre tombe
Construit autour de votre terre une belle tombe.
Immobile et insensible aux rêves,
Elle nous vient parfois dans nos songes comme dans
nos rêves
Pour nous dire que la vie que toujours nous
comptons
Ne réside pas dans les pièces que tous les jours nous
comptons.
Oh dignes morts, vous nous habitez
Jusque-là dans les murs que vous habitez.
J'écris mes amours
Pour vous mes Amours
Qui vivez là-bas dans le cœur du monde
Qui nous engloutit en grand monde,
Oh ! Mémoire d'outre-mer
Oh ! Mémoire de notre mer,
Recevez ma lettre
Que vous verrez là-bas sans aucune lettre
Lisez-la et par note, dites-nous votre malaise
Nous la lirons ici dans notre langue, la langue
malaise.
Ailleurs, là-bas, vous serez sans crainte ;
Pour vous nous serons en crainte.
Écrivez-nous dans vos Mémoires
Comme vous trônez nos Mémoires,

Ne soyez pas tristes dans vos tombes là-bas comme
ailleurs
Car vous êtes en nous ici par ailleurs,
MÉMOIRE D'OUTRE-TOMBE

LA FLEUR DU MAL

La fleur du mal
Est celle que ton Amour te remet
Sans dans le cœur aucun mal.
Soulève-la et observe-la au sommet
De ton imagination,
Tu verras au fond d'elle
Le nid de ta déperdition.
Prend la lorsqu'elle
Vient d'un cœur que tu aimes,
Fixe-la dans les yeux et dis : « merci, qu'elle est
belle ! »
Et elle te dira : « Je t'aime. »
Garde-la cependant au chevet de tes pas
Car elle te dira un jour que l'amour
N'est pas qu'un doux repas,
Il perd parfois son sens quand sur nos vies le temps
file avec ses humours.
Il est une balle qui nous fait pleurer le doux, le mal,

LA FLEUR DU MAL.

TERRAIN

Terrain humide, terrain noble, terrain aux bonheurs
infinis,
Horizon fertile, horizon salvateur, horizon sellé,
Bien personnel, bien publié, bien pour phallus,
Ma grande ! Ma belle dame ! Ma très charmante
demoiselle !
Femme généreuse, femme docile, femme muette !
Terrain humide, terrain noble, terrain aux bonheurs
infinis

Horizon fertile, horizon salvateur, horizon sellé,
Déversoir des stresses, déception refoulée, bonheur,
bien !
Voici les assoiffés, voilà les réels affamés, voici les
corps bien tendus,
Les venants, les arrivants nobles, les clients potentiels
bénins,
Horizon fertile, horizon salvateur, horizon sellé,

Bien personnel, bien public, bien pour phallus,
Aimée des hommes, femme des biens impurs, merci
à toi, merci de tes grâces,
Tes jambes ouvertes, tes seins mous, ton corps nu,
tutrice éternelle, Merci !
Bien personnel, bien public, bien pour phallus,

Ma grande ! Ma belle dame ! Ma très charmante
demoiselle !
Amoureuse des tic-tacs ! Dieu des caresses ! Esprits
des va-et-vient ! Merci !
Ma grande ! Ma belle dame ! Ma très charmante
demoiselle !

Femme généreuse, femme docile, femme muette !
Femme fatale, femme perfide, âme méprisable et
d'éhontée !

Terrain humide, terrain noble, terrain aux bonheurs
infinis

TERRAIN

LE FEU DE L'AMOUR

Le soleil s'est écroulé
Le soleil s'est écroulé
Le soleil s'est écroulé
Le soleil s'est écroulé

Le soleil s'est écroulé sur ma tête
Le soleil m'a sérieusement écrasé le bonheur
Le soleil a péché
Le soleil a réellement léché mes joies
Le soleil a rattrapé mes humours
Le soleil a complètement incendié mon amour
Le soleil m'a furieusement sinistré le sourire

Je crie

Je soupire
Mais il grandit en moi
Il grandit dans mon cœur
Ses épines s'enfoncent en moi
Dans mes sens
Dans mon sang
Même dans le vent que je respire
Je souffre
Je souffre

Oh je souffre

J'ai mal
J'ai mal
Oh j'ai sérieusement mal dans mes sens

Le soleil
Le soleil

Le soleil

Le soleil m'a brulé
Il a consumé mon amour
Il a consumé mon amour
Il a consumé mon amour
Oh le soleil s'est écroulé sur ma tête
Laissant ma vie malade et mon cœur furieux
Ah ah comment
Comment dire ce qui véritablement est arrivé à ma vie
Comment écrire ce que l'amour m'a causé de tort
Oh que dire et que laisser
Que laisser et que dire
J'ai mal
      J'ai mal
         Je déprime
           Je déprime
Je suis complimenté par la douleur
Je suis applaudi par la tristesse
La mélancolie s'empare de moi
Et la nostalgie m'abat complètement
Et je suis triste
Et je souffre pour la vie
           Comment
Comment te l'écrire Oh douleur ce que tu me fais subir
        Que dire
Que dire oh malaise de ce que tu fais au fond de moi
      Quoi écrire
Quoi écrire oh souffrance de ce que je ressens de toi
  Comment
      Comment
         Comment dévoiler mon sentiment

Comment
dévoiler mon cœur au monde
Comment
dévoiler la douleur qui ravage tout en moi
comme un feu de brousse qui embrasse avidement
les herbes sèches
Comment écrire ce que l'amour me cause comme tort
 Comment décrire
  cette rupture de deux cœurs
   qui s'aiment amoureusement
    d'un amour passionnant sincère
    et furieux

Comment Comment Eh Dieu comment
Comment Comment Eh Dieu comment
Comment Comment Mais comment même

Pourquoi tout ce temps Pourquoi m'as-tu longtemps
menti
Pourquoi ennemie m'as-tu caché ce jour sombre

Mon amour
Mes sentiments
Mes espoirs
Pourtant je l'aime
Je l'aime amoureusement d'un amour rebelle

   Je l'aime
  Je l'aime
Eh bien je l'aime
Je l'aime amoureusement d'un amour fatal
Je l'aime

Je l'aime
Eh bien je l'aime
Je l'aime amoureusement d'un amour pieux
Que je sens
Que je ressens
Et que je vis
Je l'aime
Je l'aime
Eh bien je l'idolâtre

Où allons-nous poser à présent
        Nos rires
            Nos taquins
            Nos ballades
                Nos rencontres
                    Nos petites querelles
                    Nos jalousies
                Nos joies
            Dans quel sang
        Dans quel sang
    Dans quelle vie
Nulle part certainement nos amours n'auront le repos
Belle Dame des Savanes nos visions se bifurquent
            Mais nos cœurs restent unis
                Tels deux siamois
        Par des sentiments fort douloureux
                Et fort amoureux

Je t'aime tu le sais bien
Tu m'aimes je l'ai toujours su
Et voilà que le futur veut nous bander les cœurs
Or le cœur déjà fermé par la poitrine voit toujours

74 - *KANOU, ou la flamme de l'amour*

Ce qu'il aime comme le monde sous l'œil du ciel
Où irons-nous perplexe trouver Christ et Mahomet
tristes
Tristes du crime qu'ils nous ont fait sur terre
Quand nous y serons
 Nos âmes sérieusement endommagées
Seront soulagés, nos émotions, nos cœurs seront
apaisés
Le temps nous fera l'un de l'autre bien amoureux
Et ce sera pour jamais
Que dire
Que dire de ce présent qui m'exclut des avantages de
la joie
Comment dire
Que dire
Quoi écrire miséricorde
De tout ce que je n'arrive pas à véritablement dire
                    Que je l'aime
              Je l'aime fortement
          Je l'aime
    Je l'affirme
Belle Dame des Savanes
Fille des terres ensoleillées
Oh belle gazelle des savanes
Oh que je t'aime
Je t'adore éperdument

Oh Christ a péché
Mahomet a fait des victimes
Mais quand je mourrai oh Ciel
Quand je mourrai, j'attacherai Christ à mon pied
gauche

Et Mahomet à mon pied droit

N'eût été Dieu
N'eût été Christ
N'eût été Mahomet
Je t'aurais épousée
       N'eût été Dieu,
       N'eût été Christ
       N'eût été Mahomet
       Je t'aurais que pour moi
N'eût été Dieu,
N'eût été Christ
N'eût été Mahomet
Tu m'aurais fait des enfants
       N'eût été Dieu
       N'eût été Christ
       N'eût été Mahomet
       Tu mettrais sur ton dos mes enfants
N'eût été Dieu
N'eût été Christ
N'eût été Mahomet
Je ne t'aurais jamais quittée
       N'eût été Dieu
       N'eût été Christ
       N'eût été Mahomet
       Tu ne m'aurais non plus laissé
N'eût été Dieu
N'eût été Christ
N'eût été Mahomet
Nos parents ne se seraient point opposés
       N'eût été Dieu
       N'eût été Christ

N'eût été Mahomet
Nous ne serions guère attristés
N'eût été Dieu
N'eût été Christ
N'eût été Mahomet
Nous aurions gagné la vie
N'eût été Dieu
N'eût été Christ
N'eût été Mahomet
Nous aurions le bonheur
N'eût été Dieu
N'eût été Christ
N'eût été Mahomet
Nous n'aurions jamais souffert
N'eût été Dieu
N'eût été Christ
N'eût été Mahomet
Nos corps se réchaufferaient toute la vie
N'eût été Dieu
N'eût été Christ
N'eût été Mahomet
Oh que je renie Dieu
Que je renie Christ
Que je renie Mahomet
Eh bien

LE FEU DE L'AMOUR

TABLE DES MATIERES

MON ÉROS, MON PLAISIR

Qu'est-ce que la femme ?....................11

La tortionnaire sentimentale....................12

Ma sentinelle amoureuse....................13

Ma partenaire, ma poésie adorée,....................14

Amour aux lectrices....................16

Ma gazelle, ma petite capricieuse,....................18

Le mariage,....................20

Belle beauté....................21

Apaise-toi ma créole,....................23

Femme et flamme....................25

Ce fut la femme de mon rêve....................27

Je l'aime, je l'accepte, je l'affirme, je l'assume....................29

Et pourtant….....................30

La vie de ma vie, le regard de ma vie, le regret de ma vie....................31

Belle est belle....................33

Le soleil m'a convoité....................35

Ouf ! que j'ai envie ! ouf… !....................37

Les vertus du trou....................38

La théâtralité du corps et de la côte....................40

Les seins de nos femmes....................42

Elle était en vitesse et je l'ai rencontrée....................44

Le squelette de l'amour....................45

Le livre....................46

Ma douce poésie....................47

L'écriture... 48
L'école, le seul bien que nous aimons…!................49
Afrique,.. 51

LES ÉCORCHURES DE L'AMOUR

Va ! maintenant, va ! 55
Amour coupable... 57
Mon amour malade....................................... 58
Mon triste amour.. 59
Orphelin de l'amour...................................... 60
Hélas.. 61
La mort des amoureux................................... 62
Mon regard est tiédi par son amour innocent....... 63
À vous que j'aime... 65
Mémoire d'outre-tombe..................................66
La fleur du mal.. 67
Terrain...68
Le feu de l'amour... 71

POÉSIES DÉJÀ PARUES

Le pouls de l'existence – Ati Migada
Le mur blanc de toi nombril – Snayder Louis-Pierre
Le temps d'une vie – Kodzo A. Vondoly
La vallée de nos larmes – Anicet Kouamé
La mandoline du silence – Jean Baptiste Guten Rachad
Le sein gauche de la ville des Gonaïves est une cigarette – Feguerson Thermidor
Qui suis-je ? Collectif
Je détestais le monde – Ahossan Jean-Yves Tanoh
Nous sommes Bouba – Collectif
Mon pays sur mes lèvres – Jean-NoëilKouagn
Brin de Poésie – Ange Patricia Kouamé
Comme les oiseaux du ciel – Assoumou Tano Félix
A Cappella pour Fadyla – Abdal'Art
Silence brûlant – Collectif
Symphonie pour Arafat DJ – Collectif
A vif – Aimée Mazia
Miroir du siècle – Konaté Djakaridja
Rêveur de rêves – Marc Onesime Tiboui
Mille couleurs pour un objectif – Aboubacar Sidick Cissé
Egérie – Abdal'Art
L'ombre d'une douleur – Colletif du cell
La Rose Bleu de l'amour – Jean-Duval YOBOU
Les lignes de mon cœur – Beugré Othniel Chrys Jemuel
Les éclipses de la dignité – Hien-Toh Alphonse
Agbalissa, l'hymne du chasseur – Junior N'goran

Réalisation des maquettes : **Guékourougo N. Koné**

09 BP 3232 ABIDJAN 09
TEL : (+225) 07 57 44 99 00
Site : www.gnk-editions.com

ISBN papie : 978-2-38499-033-7
ISBN pdf : 978-2-38499-034-4
ISBN epub : 978-2-38499-035-1

Imprimé en Côte d'Ivoire par **Impression**
gnk.impression@gmail.com/ (+225) 07 57 44 99 00

Dépôt légal N° 19294 du 08 Décembre 2022
4ᵉᵐᵉ Trimestre 2022

www.ingramcontent.com/pod-product-compliance
Lightning Source LLC
LaVergne TN
LVHW092023190726
843493LV00002B/560